DAKIA,
FILLE D'ALGER

© 1996 Castor Poche Flammarion
© Flammarion pour la présente édition, 2011
87, quai Panhard-et-Levassor – 75647 Paris Cedex 13
ISBN : 978-2-0812-5645-3

DAKIA

DAKIA,
FILLE D'ALGER

Préface de Simone Veil

Flammarion Jeunesse

PRÉFACE

Tout au long de l'histoire de l'Humanité, lorsque la tyrannie ou la violence font régner l'oppression et l'injustice, des femmes et des hommes ont su se révolter pour s'y opposer et défendre la liberté, la leur et celle des autres.

C'est le cas de Dakia, une jeune Algérienne qui a refusé de se soumettre à l'intimidation et aux menaces de ceux qui, par la violence et la peur, cherchent à imposer un fanatisme qui bafoue tous les droits de la personne.

À travers sa vie quotidienne faite des joies familiales comme des angoisses suscitées par la montée de la violence, le journal de cette collégienne retrace le combat qu'elle a mené durant plusieurs mois, sans ostentation mais avec détermination. Progressivement consciente des dangers qui pesaient sur sa famille et sur elle-même, elle a continué à se rendre en classe sans changer ses habitudes, refusant ainsi de céder au chantage odieux exercé sur elle et ses camarades. Elle a ainsi fait preuve d'un courage quotidien qui prend valeur de symbole de la résistance des femmes d'Algérie face aux tentatives d'asservissement qu'elles subissent.

Ce récit est, pour les jeunes qui le liront, l'exemple d'une toute jeune fille qui par son courage a fait reculer l'intolérance pour faire triompher les valeurs de dignité de la femme et de liberté.

Venu d'un pays ami si proche du nôtre, le message de Dakia doit être entendu par tous comme un appel à la vigilance contre toutes les formes d'oppression ainsi qu'à la solidarité en faveur de ceux qui en sont les victimes.

Simone Veil

1

SIDI RAMADHAN
Février 1994

Dakia. Je m'appelle Dakia. J'ai presque quatorze ans. Je suis en classe de troisième. Cette année, il me faut travailler d'arrache-pied pour obtenir mon BEPC et passer en seconde. Cet examen, je veux, je dois le réussir.

Mes parents, ma grande sœur Chafia et moi habitons un appartement à Chéraga, dans la banlieue ouest d'Alger.

Alger, la capitale de mon pays, l'Algérie.

Depuis quelques jours, la circulation est plus intense, les rues plus fréquentées, et les magasins bondés déversent des flots de gens chargés de sacs de provisions. Des femmes voilées de blanc ou de noir, accompagnées d'enfants, des filles et des garçons vêtus normalement, des grands-pères portant encore une chéchia sur la tête.

Maman me rappelle que ce brusque bouillonne-
ment de vie annonce l'approche du Ramadhan.

Dans une semaine, en effet, ce sera le Ramadhan,
l'un des cinq piliers de l'islam.

Les cinq piliers ou règles fondamentales de
l'islam sont la *shahada*, l'adhésion à la religion[1] ;
les cinq prières quotidiennes ; la *zakat*[2], une sorte
d'impôt obligatoire destiné à des fonds de secours,
ce qui ne dispense pas de pratiquer la *sadaqua*,
l'aumône faite aux pauvres. Le croyant doit aussi
respecter le jeûne de Ramadhan tout le long du
neuvième mois lunaire et, enfin, entreprendre le
pèlerinage à La Mecque s'il a l'argent et la santé.

Bientôt donc, des centaines de millions de musul-
mans à travers le monde s'abstiendront de manger
et de boire du lever au coucher du soleil pendant
trente jours. Le Ramadhan impose un rythme de
vie particulier aux croyants. Ces derniers se lèvent
très tôt, bien avant le soleil, pour prendre un repas
et ils ne mangeront rien jusqu'à la tombée de la
nuit. Pendant la journée, le musulman en bonne

---

1. Pour être musulman, il suffit de prononcer la phrase
sacrée : « *Ashadou anna lâ ilâha ill allahou, ouahdahou lâ cha-*
rîka lahou, oua anna mohammadan aabdouhou oua rassoulou-
hou. » (« J'atteste qu'il n'y a de dieu qu'Allah, Seul et Unique,
et que Mahomet est son prophète. »)

2. *Zakat* : aumône légale et obligatoire.

santé ne doit avaler ni médicament, ni nourriture, ni boisson et ne doit pas fumer.

Mois sacré de la religion islamique, le Ramadhan est également une période de fête. Le soir venu, après la rupture du jeûne, les gens se rendent visite. Installés aux terrasses des bars, les hommes jouent aux dominos en buvant du café ou du thé[1] tandis que de douces musiques égrènent leurs mélodies.

Pour accueillir dans la propreté Sidi Ramadhan, comme on dit chez nous – c'est-à-dire « monsieur » Ramadhan –, tout doit être propre, lavé, lessivé, frotté, astiqué, savonné, étincelant de fraîcheur et de netteté.

Dans notre immeuble, les voisines ainsi que ma mère participent à ce grand nettoyage. J'aime cette joyeuse agitation où tout le monde bouge, circule, achète et stocke les provisions avant ces trente jours de jeûne.

Comme maman a un emploi du temps moins chargé que celui de papa – ma mère est enseignante, mon père fonctionnaire d'une entreprise d'État –, elle est responsable de la bonne marche de la maison. Elle fait toujours les courses avant la cohue des premiers jours du mois sacré.

1. En Algérie, les boissons alcoolisées sont interdites pendant le Ramadhan.

Cette année, pourtant, une ombre noire voile la douce attente de Sidi Ramadhan – l'ombre de la mort, de l'inhumain et du sang versé. Depuis quelque temps, on ne parle que des assassinats, des destructions et des bombes meurtrières – des crimes qui deviennent presque quotidiens.

Malgré tout, les gens autour de moi gardent espoir. L'avenir sera à la sérénité, disent-ils.

Et le Ramadhan n'est-il pas un mois de trêve, de prière et de pardon ?

2

La nuit du doute

En Algérie, nous avons deux calendriers : le calendrier chrétien de 365 ou 366 jours que nous utilisons dans notre vie quotidienne, et le calendrier musulman fondé sur la lune et qui fixe les fêtes religieuses. Ce dernier a également douze mois[1] mais ils sont moins longs. Chaque mois dure vingt-neuf jours et demi, temps qui sépare la nouvelle lune de la nouvelle lune suivante. Selon le calendrier musulman, l'année est donc plus courte ; elle compte 354 ou 355 jours.

Ramadhan, le neuvième mois, commence tous les ans une dizaine de jours plus tôt dans le calendrier chrétien. En 1994, Ramadhan commence vers

---

1. Les douze mois du calendrier musulman sont : Muharram, Safar, Rabi I, Rabi II, Jumada I, Jumada II, Rajab, Sha'ban, Ramadhan, Shawwal, Dhu al-Qa'dah, Dhu al-Hijja.

la mi-février, en 1995, vers la fin janvier, en 1996, vers la mi-janvier, etc. Facile.

La nouvelle lune viendra-t-elle ce soir annoncer le début du jeûne ? À l'approche du mois sacré, les imams – les chefs de la prière dans les mosquées – guettent la lune. C'est « la nuit du doute » puisque nous ne savons pas avec exactitude, à un jour près, à quelle date la nouvelle lune fera son entrée dans la voûte céleste.

Pourtant, je me demande pourquoi ils n'utilisent pas les instruments de mesure scientifiques qui fixent avec précision la date de chaque nouvelle lune...

Comme tous les croyants, ce soir mes parents veillent aussi. Ils attendent la lune.

Le lendemain, en nous réveillant, maman nous annonce l'arrivée de Sidi Ramadhan.

— Pas de petit déjeuner aujourd'hui, les filles ! s'exclame-t-elle.

Maman plaisante. Chafia et moi, nous le savons. Mes parents ne nous ont jamais imposé le jeûne. Selon eux, nous pouvons faire le Ramadhan s'il ne perturbe en aucune façon ni notre scolarité ni notre santé.

— Dieu est bon et miséricordieux, m'a dit un jour maman.

— Dieu est également châtiment et punition, ai-je ajouté. En tout cas, c'est ce qu'on nous apprend à l'école[1].

— Il n'est que douceur et bonté, Dakia. Ce sont les hommes qui peuvent être mauvais ou bons.

Mes parents se disent « pratiquants laïques ». À l'égard de la religion, maman et papa nous laissent, à Chafia et à moi, une totale liberté. Ils nous ont toujours expliqué que le rapport à Dieu est intime, privé. La foi est affaire personnelle entre Dieu et soi-même, et aucun être humain n'est autorisé à s'immiscer dans cette relation.

Libres de nos actes, Chafia et moi jeûnons si nous le décidons. Toutefois, nous devons observer quelques règles de courtoisie. Par respect pour ceux qui ne consomment rien de la journée et pour ne pas les tenter, maman nous conseille de ne pas manger en public.

Pourtant j'ai le sentiment que ma mère nous donne ce conseil pour une autre raison. L'atmosphère lourde du dehors, celle des bombes, des assassinats, a probablement un rapport avec ce conseil.

1. En 1980, l'éducation civique et religieuse est remplacée par l'éducation islamique. Dès l'âge de six ans, les petits Algériens fréquentant l'école publique apprennent le Coran *(Note de l'Éditeur)*.

Le premier jour du Ramadhan est toujours difficile car il faut changer ses habitudes du jour au lendemain.

En fin d'après-midi, papa vient me chercher à l'école en voiture puis nous regagnons la maison. En ouvrant la porte, je sens de délicieuses odeurs qui me mettent l'eau à la bouche.

Dans la cuisine, maman prépare déjà le dîner. Elle cuisine mon plat préféré, le « nombril de la belle », composé de pommes farcies d'amandes pilées, arrosées de sirop et cuites au four. Malgré la flambée des prix des produits de première nécessité comme le sucre, le café, la lessive, la semoule ou le lait, ma mère se débrouille toujours pour nous préparer de bons petits plats.

— Tu n'as pas très bonne mine, maman, dis-je.

— Je suis un peu fatiguée, répond-elle. Et je dois encore ramener Chafia de l'université...

Maman quitte la cuisine, demande à papa de la remplacer aux fourneaux et va chercher ma sœur en voiture.

Mon père n'accepte pas de gaieté de cœur de surveiller les marmites. Mais il préfère ça, et de loin, plutôt que reprendre la voiture.

Je le comprends. Au contraire de papa qui se vante toujours de garder son calme, les automobilistes d'ici sont devenus de véritables chauffards.

À ce sujet, papa a une théorie. Comme on ne doit pas fumer pendant le Ramadhan, mon père explique la nervosité des automobilistes fumeurs par le manque de nicotine.

Je crois aussi qu'il raconte tout ça pour nous mettre en garde, Chafia et moi, contre le danger et la dépendance que représentent les cigarettes.

Un moment plus tard, maman et Chafia, de retour à la maison, discutent avec une gravité inhabituelle. Ce doit être très important car elles ne remarquent même pas que je suis là.

De quoi parlent-elles ?

3

LE TRACT

K hâlti Maria et *aâmmi*[1] Salah, nos amis et voisins, sont venus passer la soirée de Ramadhan à la maison.

Les années précédentes, nous avions l'habitude de sortir, de passer les veillées de Ramadhan hors de la maison. Malheureusement, il n'est plus possible, le soir venu, d'aller aux spectacles, de faire ses achats, de boire un café ou un thé aux terrasses des bars...

Mes parents m'ont affirmé qu'il n'est pas prudent de sortir à présent. S'aventurer au-dehors en ces temps tourmentés, c'est prendre le risque de se faire tuer.

Se faire tuer ?

1. On dit *khâlti* – « ma tante maternelle » – à une femme, et *aâmmi* – « mon oncle paternel » – à un homme, par égard et respect pour les grandes personnes.

— Pendant le mois sacré, dis-je, les tueries sont formellement interdites. Le Ramadhan est une période de paix, de pardon. D'ailleurs, il est même recommandé, à la fin du mois de Ramadhan, d'aller manger chez son pire ennemi et de pardonner.

— En effet, ma chérie, tu as tout à fait raison, confirme ma mère. C'est ainsi que les choses devraient se passer, mais des gens en ont décidé autrement. Nous devons donc être prudents, apprendre à nous organiser chez nous, à la maison, afin d'y passer d'agréables moments.

— Mais c'est injuste ! À mon âge, on sort, on s'amuse ! On ne reste pas enfermé à la maison comme un prisonnier.

Révoltée, j'abandonne mes parents à leurs amis, khâlti Maria et aâmmi Salah, et me dirige vers la chambre que je partage avec Chafia.

Une feuille de papier posée sur le bureau de ma grande sœur attire mon attention... En fait, mon intérêt est éveillé par le titre du papier, « avis » écrit en arabe. On dirait une note d'information de l'université de Chafia destinée aux étudiants.

Je me saisis de la feuille. En la lisant, je sens une peur horrible me gagner peu à peu.

C'est un tract, un odieux tract s'adressant à toutes les femmes, à toutes les filles d'Algérie.

Chafia a un tract ! Qui le lui a donné ? L'a-t-elle trouvé ? L'a-t-elle reçu en son nom propre ?

J'ai peur, très peur. Peur pour Chafia.

Je lis et relis cet immonde tract de menace, car c'en est un. Et mes yeux ne parviennent pas à quitter trois lettres, trois lettres que j'ai trop vues, trop lues, trop entendues : GIA – Groupe islamique armé.

La peur me paralyse des pieds à la tête.

C'est donc vrai ! Le GIA existe. Les assassins du GIA, les poseurs de bombes, les violeurs de femmes, de jeunes filles, sont à présent avec nous, à la maison !

Je me demande qui, en Algérie, n'a pas entendu parler de ces barbares tant leurs crimes sont atroces et nombreux.

Les islamistes du GIA ne supportent pas qu'on ne soit pas d'accord avec la république islamique qu'ils veulent imposer par les armes, dans la terreur et le sang. Ils veulent créer un pays régi par la *charia*[1] : le voleur aura la main coupée, la femme adultère sera tuée à coups de pierres, etc. De plus, les intégristes islamistes veulent imposer le voile obligatoire pour toutes les Algériennes et interdire aux jeunes filles de faire du sport, de la musique et d'exercer certains métiers – ce qui n'est mentionné nulle part dans le Coran... Bref, ils souhaitent un

1. *Charia* : ensemble des lois, des normes islamiques contenues dans le Coran (*N.d.E.*).

retour au Moyen Âge, un monde où les femmes leur seraient soumises.

Refusant toute discussion, les islamistes du GIA tuent toute personne en désaccord, qui les critique ou s'oppose à eux : les journalistes, les enseignants, les écrivains, les chanteurs...

Avec ce tract, la mort est dans la maison.

Entrant dans la chambre, Chafia me surprend la feuille entre les mains.

— Dakia, qui t'a permis de toucher à mes affaires ?

Terrorisée, je suis incapable de répondre.

Chafia me prend alors par le bras et me secoue comme un prunier.

— Chafia, Chafia... les menaces de ce tract sont-elles vraies ? balbutié-je. Serons-nous tuées si nous, les femmes et les adolescentes, ne portons pas le *hidjab*[1] ?

— Mais non ! Que vas-tu chercher là ? Le GIA ne s'adresse qu'aux femmes adultes.

— Donc maman et toi allez être tuées par ces criminels et je resterai seule !

— Mais non, mais non...

1. *Hidjab* : vêtement chiite ample et de couleur terne, il doit recouvrir totalement le corps de la femme, ne laissant apparaître que le rond du visage et les mains.

Chafia tente de me rassurer et me demande d'oublier ce papier.

— Ce tract peut provenir de n'importe où, Dakia. C'est une mauvaise blague d'étudiant pour nous embêter, nous les filles, c'est tout. Ce genre de faux avertissement est fréquent à l'université. Mais ce n'est pas bien malin, je suis d'accord.

Chafia me donne beaucoup d'arguments qui apaisent ma peur.

Après tout, elle a peut-être raison. J'ai déjà entendu parler des mauvaises plaisanteries des étudiants. Ils sont, paraît-il, très forts dans ce domaine.

Menacer les femmes et les filles de mort pour blaguer...

Oui, pourquoi pas.

4

RÉELLE MENACE

A près la découverte de cette mauvaise plai-
santerie, je me suis remise à mes devoirs,
mais la physique me donne du fil à
retordre. Pour arranger les choses, Chafia ne com-
prend pas grand-chose à cette matière et mes
parents ne maîtrisent pas assez l'arabe[1] pour pouvoir m'aider. Bon, je dois me débrouiller seule.

En ce mois de Ramadhan, j'ai décidé de jeûner
un jour sur deux – c'est beaucoup moins fatigant.

Aujourd'hui, je ne mange pas. Énervée, je me
traîne et j'ai l'impression d'agacer papa ce matin,
lorsqu'il m'accompagne à l'école en voiture.

---

1. En 1970, le président Boumediene (mort en 1978) a
imposé qu'on dispense les cours en arabe classique, différent
de l'arabe dialectal – un mélange d'arabe, de français et de
berbère – parlé par tous les Algériens. Dakia étudie toutes les
disciplines du programme en arabe classique, alors que ses
parents les ont étudiées en français *(N.d.E.)*.

Arrivée au collège, je remarque que les élèves, avant de franchir la porte d'entrée, s'arrêtent pour lire une affiche collée au mur de l'école.

Intriguée, j'embrasse rapidement papa, sors de la voiture et m'approche de l'affiche.

En la lisant, je sens la peur d'hier s'emparer à nouveau de moi... C'est le même tract qui était posé sur le bureau de Chafia. Le même tract du GIA, la même signature...

Chafia m'a menti !

Toutes les filles sont concernées par cette menace. Si nous refusons de porter le hidjab, les islamistes du GIA nous tueront !

À neuf heures moins vingt, ce matin, personne n'a gagné sa classe, y compris les professeurs. Ils doivent certainement discuter de cette odieuse affiche.

Je rejoins mes copines et, ensemble, nous nous demandons si le GIA va mettre ses menaces à exécution dès aujourd'hui.

Aucune d'entre nous n'a emporté de foulard. Que devons-nous faire ? Rentrer à la maison pour y prendre un foulard, ne pas aller en classe... ?

Soudain, la cloche retentit, nous devons rejoindre nos salles de cours. Notre discussion s'achève sur une question sans réponse.

À présent, je comprends pourquoi papa m'a demandé, avant de me quitter, de ne pas sortir du collège entre midi et une heure. Se promener dans la rue, c'est prendre le risque de tomber aux mains des intégristes.

À quatre heures, mon père m'attend déjà près de la porte de l'école. Montant dans la voiture, je lui raconte ma journée puis j'ajoute :

— Ces criminels veulent tuer les femmes et les adolescentes qui ne portent pas le voile, mais tu as de la chance papa. Ils ne t'imposeront jamais rien à toi. Vous, les hommes, êtes libres.

— Dakia, me rétorque papa, tu ne dois surtout pas oublier que tu es ma fille. Je ne laisserai personne t'imposer quoi que ce soit, ni te faire du mal, ma chérie. Cet infâme torchon ne changera rien à notre façon de penser. Comme auparavant, nous prendrons les décisions à quatre, en famille.

Puis papa se dirige vers l'université pour récupérer Chafia. D'habitude cette tâche incombe à maman.

Au loin, je vois ma grande sœur près de la porte de l'université. Elle est bien gardée. Entourée de quatre garçons, Chafia nous attend sagement.

Lorsque nous arrivons à la maison emplie de délicieuses odeurs, maman est déjà à ses fourneaux. Elle ne les quittera d'ailleurs pas jusqu'au dernier jour du Ramadhan.

Les jours où Chafia et moi jeûnons, maman nous gâte, mais elle se fatigue aussi, en nous préparant plusieurs plats.

Quand il est enfin temps de rompre le jeûne et de savourer tous ces plats, nous préférons dîner dans la salle à manger en regardant la télévision – ça nous détend. En ce mois de Ramadhan, khâlti Maria et aâmmi Salah se joignent souvent à nous pour manger, le soir.

En fait, depuis qu'ils ont installé leurs deux garçons, Hocine et Youssef, en Espagne – le pays natal de khâlti Maria –, maman les invite régulièrement à dîner. J'aime la compagnie d'aâmmi Salah et khâlti Maria, ils sont gentils.

Ce soir, personne n'a parlé du tract.

5

KATIA
Lundi 28 février 1994

E t tous les matins, avant de quitter papa, j'ai droit au même avertissement :
— Ne sors pas du collège tant que je ne suis pas là, Dakia, me recommande-t-il.

Parfois, je répète sa phrase avant qu'il ne la prononce, ce qui le fait rire.

Avant de le quitter ce matin, je l'embrasse et rentre à l'école.

À treize heures, quelques copines habitant tout près du collège reviennent pour les cours de l'après-midi. Elles sont complètement retournées...

Certaines d'entre elles portent même un foulard sur la tête qu'elles enlèvent une fois dans l'enceinte de l'école.

Inquiète, je cours vers elles.

Je veux savoir, je veux comprendre ce qui s'est passé aujourd'hui, 28 février 1994, entre huit et treize heures.

Mais qu'est-il donc arrivé ? Pourquoi mes copines ont-elles subitement changé de comportement ? Lorsque je leur pose la question, Nassera, révoltée, me répond :

— Le tract, Dakia, ce n'était pas de la blague ! Ces sauvages du GIA viennent de tuer une lycéenne qui avait refusé de porter le hidjab. Lorsqu'elle est sortie du lycée, un homme l'a tuée en lui tirant deux balles dans la tête ! Et ça s'est passé devant tout le monde, Dakia, dans la rue... sous les yeux de sa copine qui, elle, était voilée. Elle avait dix-sept ans, et elle s'appelait Katia. J'ai entendu tout cela à la radio au journal de 13 heures.

Les paroles de Nassera sont accompagnées de pleurs, de frayeur, de cris, de rage...

Pourquoi ces hommes en veulent-ils tant aux femmes et aux jeunes filles ? Qu'avons-nous fait pour être ainsi châtiées ?

Cette terrifiante nouvelle nous consterne, nous paralyse.

Je réfléchis : même si papa vient me chercher en voiture, je devrai m'assurer, avant de sortir de l'école, de ne voir aucun visage étranger devant la porte du collège.

Maman m'a également recommandé de ne plus marcher seule dans les rues, mais en groupe.

Maman a raison, pourtant Katia n'était pas seule lorsqu'elle s'est fait assassiner...

Soudain, la cloche nous rappelle qu'il faut regagner nos classes.

Après cette catastrophe, personne ne parvient à travailler sérieusement. Nous, les filles, ne pouvons nous concentrer, hantées par la seule et horrible vision.

Les terroristes[1] – car c'est ainsi qu'on les nomme – sont-ils à l'affût devant la porte de l'école pour tuer toutes celles qui, comme Katia, ne portent pas le voile ? D'où nous guettent-ils ? Où nous attendent-ils ? Quels visages ont-ils ?

Ah, si seulement Katia pouvait nous renseigner, nous dire à quoi ressemblent ces terroristes, ces assassins ! Sa copine pourrait peut-être répondre à nos questions... Non, c'est impossible. La peur, les menaces de mort l'empêcheront de témoigner.

Je suis horrifiée, impuissante...

Dieu, mon Dieu, aidez-nous ! Aide-moi ! Je suis jeune, je n'ai pas encore quatorze ans. Tu m'as créée pour vivre, et je veux vivre ! Simplement

1. En 1994, année où se déroule ce récit, on estime à au moins 25 000 le nombre d'enfants, de femmes et d'hommes assassinés par les terroristes, les islamistes du GIA (*N.d.E.*).

rester en vie ! J'ai peur de mourir, ne me laisse pas mourir... Je veux rentrer chez moi, je veux revoir ma mère, je veux revoir Chafia...

Chafia !

Mon Dieu, et Chafia...

Dieu, Toi qui n'es que bonté, ne permets pas à ces barbares de nous faire du mal. J'ai besoin de ma sœur, j'ai besoin de maman et de papa.

Est-ce trop demander que de vouloir vivre ?

Mes parents m'ont expliqué les raisons qui poussent le GIA à assassiner les intellectuels, les journalistes, les enseignants, les étudiants, etc. Tout ce qui symbolise le savoir, le raisonnement et la critique représente, pour le GIA, un danger pour son projet de société, une république islamique, une société fermée, rétrograde.

Les groupes armés du FIS[1] – le Front islamique du salut – veulent faire de l'Algérie une théocratie, un pays où la religion régirait la société, un pays où il est interdit d'être libre.

C'est pourquoi les écoles et les universités[2] sont régulièrement détruites à coups de bombes ou incendiées par le GIA, le bras armé du FIS.

1. En 1991, lorsque le gouvernement décide de faire des élections libres, les islamistes présentent leur parti, le FIS, créé en 1989 *(N.d.E.)*.
2. 850 établissements scolaires environ ont été dynamités ou incendiés *(N.d.E.)*.

Mais les filles, les femmes, quel danger représentent-elles ?

Lorsque je suis de retour à la maison, en cette journée endeuillée, maman est absente. Un mot est collé sur la porte du placard. Je le lis.

En apprenant l'assassinat de Katia à la radio, maman a préféré aller chercher Chafia à l'université, afin qu'elle ne rentre pas seule.

Bientôt – Dieu merci ! – nous sommes tous ensemble, sains et saufs.

Pendant le dîner, nous avons beaucoup discuté de Katia. La radio, qui reprend l'information sur le meurtre de la jeune fille, nous apprend que l'un des terroristes n'est autre qu'un voisin de Katia. L'homme l'avait menacée plusieurs fois...

Je réalise soudain qu'elle connaissait son assassin ; Katia savait qu'elle pouvait mourir sous la main de cet homme.

Est-ce du courage que de défier ainsi l'homme qui vous menace de mort ?

Je ne comprends plus rien.

J'ai peur. Je veux savoir comment faire pour ne plus avoir peur demain quand j'irai à l'école.

Contre qui faut-il lutter ? Comment résister ?

Et que veut dire « résistance » ?

Ne supportant plus cette situation, je demande leur avis à Chafia et à maman.

— Demain, en allant à l'école, je veux savoir quoi faire. Dois-je porter un foulard ou rester à la maison en attendant que les choses se calment ?

Ferme et décidée, Chafia déclare qu'elle ne se soumettra jamais aux ordres des terroristes.

— Aujourd'hui, c'est le foulard, commence-t-elle. Demain, le FIS et ses groupes armés interdiront aux filles l'étude de l'architecture, en décrétant cette discipline réservée uniquement aux hommes, comme en Arabie Saoudite ou en Iran[1]. Chez les Saoudiens, une femme n'a même pas le droit de conduire une voiture. Si elle sort de chez elle, elle doit toujours être accompagnée par un homme de sa famille. Et si elle circule seule, elle peut être interrogée, voire arrêtée par la police religieuse. Les femmes sont torturées, violées dans les commissariats. Et comme en Iran, elles ne peuvent ni sortir sans être voilées des pieds à la tête, ni faire du sport, ni exercer la médecine, la musique, la biologie, l'architecture et que sais-je encore. Les islamistes ont condamné les femmes au silence, à rester enfermées chez elles, à s'occuper des gosses et de leur mari ! Jamais je ne permettrai à ces terroristes de m'imposer une vie pareille.

1. L'Arabie Saoudite est une monarchie absolue islamique, et l'Iran, une république islamique *(N.d.E.)*.

Prudente et calme, maman ne souhaite pas influencer notre décision quant à cette affaire de foulard. Elle ne veut pas nous dicter une conduite.

— Mes chéries, vous devez être sûres d'une chose : quoi que vous décidiez, votre père et moi respecterons votre choix. Nous l'assumerons. Pour nous, seuls comptent votre sécurité, votre bien-être. Et cette tâche nous revient.

Angoissée, Chafia demande :

— Que pourrions-nous faire contre des gens armés jusqu'aux dents qui nous attaqueraient ici, à la maison ? Vous êtes au courant des coups de fil anonymes qui nous promettent le sort réservé aux mécréants : la mort.

— Votre mère et moi réfléchissons justement à tout cela, rétorque papa. Par conséquent, nous devons diminuer les risques de nous faire piéger, et réorganiser notre vie non plus à quatre mais par groupe de deux. Mes chéries... nous sommes obligés de quitter notre maison et de nous séparer.

Maman garde le silence.

Je devine alors que mes parents ont déjà discuté de cette affaire.

Ma sœur et moi, indignées, refusons complètement l'idée de la séparation – une double séparation car pour moi, il me faudrait vivre loin de maman et de Chafia.

— Mes chéries, explique ma mère, cette séparation sera temporaire, mais nous n'avons pas le choix. Nous devons impérativement nous adapter à la situation dramatique que traverse notre pays, sans pour autant risquer de perdre nos vies. Notre premier devoir est de rester en vie. C'est cela la résistance : rester en vie.

Ce n'est pas la première fois que j'entends maman dire cela à propos de la résistance.

Ce soir, j'ai envie d'être tout près de ma sœur. Je me suis glissée dans son lit puis je lui ai demandé de promettre de rester toujours ma sœur chérie, mon amie – ce qu'elle fait.

« Réorganiser notre vie », comme disait papa tout à l'heure, c'est errer d'un lieu à l'autre pour brouiller les pistes. Ainsi, les intégristes ne pourront pas nous localiser, car, comme beaucoup d'Algériens, nous sommes menacés par ces barbares : ils veulent tuer les professeurs – maman en est un –, les étudiants et les lycéens, comme Chafia et moi, et tous ceux qui luttent activement contre eux, tels papa et maman qui sont des militants anti-intégristes.

« Réorganiser notre vie », c'est changer régulièrement de quartier. Ne plus avoir son lit à soi, son armoire pour y ranger ses petites affaires. C'est se passer de son bureau où l'on peut travailler tranquillement.

C'est aussi et surtout accepter de me séparer de toutes ces choses qui font partie de ma vie et parmi lesquelles j'ai vécu mes joies, mes tristesses.

« Réorganiser notre vie » veut dire, en fait, ne plus avoir de maison du tout.

— J'ai peur, Chafia, peur de ne plus être moi-même...

Couchée près de moi, ma grande sœur me rappelle une chose :

— Nous n'avons pas le choix, Dakia.

6

DÉMÉNAGEMENT

Papa et moi nous nous sommes alors installés chez ma grand-mère paternelle, Chafia et maman, chez ma grand-mère maternelle.

En déménageant ses affaires, Chafia s'est mise à pleurer.

Je la comprends...

Ses études, difficiles, requièrent beaucoup d'espace. Avec toutes ses affaires personnelles, Chafia craint d'être encombrante, envahissante.

— Désormais, nous sommes des SDF ! lance-t-elle en étouffant un sanglot.

Maman tente de la consoler.

— Nous avons de la chance d'avoir des grand-mères si formidables, dit-elle, et des amis qui nous entourent.

Maman a toujours eu le don de nous consoler. Militante convaincue des droits des femmes, elle est membre de l'Association indépendante pour le triomphe des droits des femmes[1].

Une fois nos affaires rassemblées, nous avons bel et bien quitté la maison. Chafia et maman sont parties d'un côté, papa et moi d'un autre.

1. AITDF.

7

FADHMA N'SOUMER
Mardi 8 mars 1994

En cette Journée internationale de la femme célébrée partout dans le monde, plusieurs associations, dont celle de maman, ont appelé à un grand rassemblement. Les femmes se sont donné rendez-vous devant la salle de spectacle Ibn Khaldoun, à Alger.

À quatorze heures, lorsque j'arrive avec maman sur les lieux de la manifestation, une immense joie m'envahit.

Déjà, plusieurs centaines de femmes, belles, magnifiques, mais surtout courageuses, ont répondu à l'appel.

Certaines manifestantes brandissent des fleurs, d'autres des portraits d'écrivains, de journalistes et de femmes assassinés. Parmi ceux-ci, je reconnais la photo de Katia Bengana.

Katia est très belle. De longs cheveux bruns atta-chés en une queue de cheval, elle a un front large et dégagé qui met en valeur ses superbes yeux de gazelle. Un doux sourire aux lèvres illumine son visage d'ange...

Je ne parviens pas à retenir mes larmes à la vue du portrait de Katia.

Me serrant très fort contre elle, maman scande en chœur avec les manifestantes des slogans contre l'intégrisme, la violence et l'exil :

> « *Ni Londres ni Paris, je veux vivre en Algérie !* »
> « *Ni Djilbab[1] ni hidjab, Algérie algérienne !* »
> « *À bas l'intégrisme !* »

Soudain, je n'ai plus peur.

Nous sommes des milliers d'hommes et de femmes à résister contre la barbarie et l'intolérance.

Au-dessus de la marée humaine, j'ai remarqué une grande banderole sur laquelle on peut lire un vers de Tahar Djaout[2] – le premier journaliste

---

1. *Djilbab* : vêtement chiite simple et noir recouvrant com-plètement le corps de la femme. Le visage est caché sous un voile également noir. Cette tenue doit être obligatoirement complétée par le port de gants et de chaussettes noirs.

2. Tahar Djaout était également un écrivain. Il est l'auteur, notamment, de : *Les Vigiles, Les Chercheurs d'os, L'Invention du désert (N.d.E.)*.

assassiné par le GIA le 26 mai 1993 dans une banlieue d'Alger :

> *« Le silence c'est la mort,*
> *Et toi, si tu parles, tu meurs,*
> *Si tu te tais, tu meurs.*
> *Alors dis et meurs. »*

À cet instant, je comprends toute la signification, toute l'importance de la résistance.

Plus tard ce même après-midi, Chafia nous rejoint. Toutes les lycéennes, toutes les étudiantes sont là, solidaires des femmes. Elles refusent la violence, les viols, les assassinats, la vie obscure et silencieuse que les intégristes islamistes veulent leur imposer.

À l'issue de la manifestation, les femmes ont conclu d'adopter une motion – une proposition – et de l'envoyer au président de notre pays, Liamine Zeroual.

Lorsqu'une des organisatrices a demandé aux manifestantes si elles désiraient entrer dans la salle de spectacle afin de voter et d'adopter le texte, toutes les femmes, toutes les filles ont répondu d'une seule et même voix :

> *« Non ! Il n'est pas question*
> *de nous enfermer.*

C'est la rue qu'on veut nous interdire,
Sous le soleil qu'on veut nous cacher
Et sous le ciel qu'on veut nous voiler.
Il faut que nous disions à ces assassins que,
Quoi qu'ils fassent, nous ne baisserons pas les bras.
Nous triompherons ! »

Une organisatrice lit donc le texte dans la rue, sous le ciel et le soleil. Après l'adoption du texte de la motion par un vote, toutes les manifestantes chantent l'hymne des Algériennes avant de se séparer :

« *Les Algériennes ne sont pas asservies.*
Elles n'acceptent pas la défaite
Et continuent la lutte
Jusqu'à la victoire !
À Fadhma, Fadhma N'Soumer¹. »

1. Lalla Fadhma N'Soumer : née vers 1850 dans une famille maraboutique du Djudjura (Kabylie), Fadhma N'Soumer, une femme résistante, mènera une lutte avec soixante compagnes contre les troupes françaises du général Randon pendant la colonisation. Arrêtée quelques années plus tard, elle finit sa vie en prison.

8

CHEZ MANI ZOHRA

Après la dispersion de la manifestation, les femmes rentrent chez elles préparer la *chorba* pour toute la famille. Comme maman aime à le dire, les femmes ont prouvé qu'elles pouvaient être au front et aux fourneaux.

En voiture, Chafia et maman me déposent à l'entrée de l'immeuble de Mani Zohra – c'est-à-dire « grand-mère » Zohra – et partent chez notre autre grand-mère, Mani Nadjia.

En ouvrant la porte, Mani Zohra me demande :

— Tu reviens de la manifestation, Dakia ?

— Oui, Mani, dis-je, exaltée. C'était formidable ! Et j'ai vraiment moins peur maintenant. Beaucoup de femmes et de jeunes filles ont manifesté tout à l'heure. Des hommes aussi sont venus nous soutenir. C'était magnifique... Tu sais, Mani, les femmes n'ont pas eu peur d'écrire au président Zeroual. Dans cette lettre, elles lui ont dit qu'elles refusaient l'enfermement qu'on veut leur imposer. Et puis elles ont aussi scandé une chose très drôle, Mani : « Écoute, Zeroual, ne baisse pas le *séroual*[1] ! » Les femmes veulent vivre libres et dignement. Et j'ai aussi découvert qu'elles ont un hymne...

— Chafia a-t-elle participé à cette manifestation ?

— Bien sûr. Chafia et maman viennent de me quitter pour aller chez Mani Nadjia.

— Tu sais, Dakia, Chafia et toi devez être plus prudentes. Vous ne devriez pas aller à ces rassemblements. Ils sont dangereux.

Pourquoi Mani Zohra me dit-elle cela ? Je vais lui poser la question, mais elle se dirige vers sa chambre pour la prière d'*El Assar*, la prière de l'après-midi. Les quatre autres se font au lever du jour, le matin, en milieu de journée et le soir. Alors que Mani prie, je me rends compte que la maison est emplie de l'odeur de la chorba.

La chorba est une délicieuse soupe à base de viande d'agneau, de tomates, d'oignons, de pois chiches et parfumée à la coriandre. La chorba de Mani Zohra est différente de celle de Mani Nadjia. Lorsque la soupe arrive à mi-cuisson, Mani Nadjia y ajoute des vermicelles très fins pour l'épaissir, tandis que Mani Zohra y met du blé vert concassé.

1. Séroual : pantalon *(N.d.E.)*.

Cette différence de cuisine vient de ce que Mani Nadjia est algéroise, et Zohra, de l'est de l'Algérie, de Batna[1] précisément.

Ainsi donc, durant tout le mois de Ramadhan, j'ai droit aux spécialités culinaires de ces deux régions.

Même la pâtisserie est différente. Dans la région d'Alger, les nombreux gâteaux sont, pour la plupart, préparés avec des amandes. Dans l'Est algérien, d'où vient ma grand-mère paternelle, la datte écrasée est un ingrédient très prisé dans la pâtisserie.

Tous les soirs du mois de Ramadhan, la chorba trône sur la table. En général, après cette soupe, on se régale d'un plat de résistance salé et d'un plat sucré.

Chez mes grand-mères, c'est à moi que revient la tâche de dresser la table à l'approche de la rupture du jeûne. Après le repas, on prépare également du café ou du thé à la menthe que nous accompagnons de *zlabia* – de délicieux beignets au miel – et de *kalb-louze*, sorte de pudding fait à base de semoule, de beurre et arrosé d'un sirop, il est quelquefois

1. Batna : ville située au pied du massif montagneux des Aurès, Batna se trouve à 430 kilomètres environ de la capitale, Alger *(N.d.E.)*.

fourré aux amandes. Les gens aiment déguster ces gâteaux durant les veillées de Ramadhan.

Lorsque je suis chez mes grand-mères, maman s'inquiète toujours de mon poids. Comme Mani Zohra et Mani Nadjia me gâtent beaucoup, maman trouve que je grossis.

De plus, quand je fais le Ramadhan chez Mani Nadjia, ma grand-mère me prépare toujours une *cherbette*. Mani Nadjia sait que j'adore ce sirop qu'elle confectionne elle-même avec de l'eau, de la cannelle et de l'eau de fleur d'oranger. D'ailleurs, quand un enfant jeûne pour la première fois de sa vie, on lui offre une cherbette dans laquelle on plonge un bracelet en argent – un symbole de pureté. L'enfant doit rompre son premier jour de jeûne avec cherbette, sans oublier de formuler un vœu en regardant la première étoile apparaissant dans le ciel. Cette cérémonie doit se passer sur la terrasse de la maison ou sur le balcon.

Ramadhan c'est également l'occasion pour la famille de quitter la cuisine pour dîner dans la salle à manger. Alors on regarde la télévision, on profite des sketches comiques et des informations.

Mais tous les jours, les mêmes images d'horreur surgissent du petit écran pour nous rappeler la réalité : des écoles et des usines incendiées, des voitures piégées, des enfants déchiquetés, des jeunes filles violées puis décapitées, des mères éventrées...

9

CHEZ MANI NADJIA

Après quelques jours de stabilité et d'accalmie, nous changeons, Chafia et moi, de lieu d'habitation. Ma sœur s'installe chez Mani Zohra et moi, chez Mani Nadjia. Passer d'une maison à l'autre, c'est aussi se transporter d'une région d'Algérie à une autre, étant donné les origines différentes de mes grand-mères.

Habiter chez Mani Nadjia me permet surtout de retrouver maman qui me manque.

Le soir venu, je dors avec ma mère. Lorsque je me retrouve dans le lit avec elle, je ne peux m'empêcher de lui poser la même question.

— Quand reviendrons-nous à la maison ?

— Je n'en sais rien, ma chérie. Le plus important, c'est d'être ensemble, dans la même ville, dans la même maison.

— Cela veut-il dire qu'un jour nous pourrions ne plus habiter dans la même ville, maman ? dis-je, inquiète. Tu crois que nous serons tous dispersés aux quatre coins du pays ?

— C'est possible, Dakia, ce genre de chose s'est déjà produit dans d'autres familles. Mais dis-moi, l'autre jour tu semblais avoir bien compris que le plus important était de rester en vie. Bon, changeons de sujet... Raconte-moi un peu ce qui se passe au collège ; tes professeurs, tes copains, tes copines...

Maman a toujours aimé que je lui raconte « ma vie ». Ça tombe bien car j'adore bavarder.

Bien que nous habitions dans la même maison, je ne vois pas souvent ma mère en ce moment. Elle semble très occupée.

Maman m'a dit que les femmes sont en train de préparer une grande marche à Alger. La plus grande marche que la capitale ait jamais connue.

Encore une fois, les femmes vont manifester pour dénoncer le terrorisme, se mobiliser contre la barbarie intégriste et son horrible vision des femmes.

Les intégristes veulent faire des Algériennes des esclaves qui les servent. Selon eux, un homme est, quoi qu'il arrive, toujours supérieur à une femme, et il a le pouvoir sur elle. Si bien que cet homme peut avoir quatre épouses et parfois plus.

Beaucoup d'hommes, de femmes et d'enfants, opposés à leur conception des choses, sont torturés, mutilés et tués.

Maman continue toujours de travailler. En l'observant, je réalise qu'elle n'a pas une seconde de répit entre son travail et son combat contre les intégristes et tous ceux qui voudraient réduire les femmes au silence.

Un jour, je lui fais remarquer qu'elle mène un rythme de vie infernal.

— J'ai fait un choix, Dakia. Je ne peux pas, et je ne veux pas vivre ailleurs que dans mon pays. Je refuse de me séparer de vous. Bien sûr, si je parvenais à m'exiler, j'aurais beaucoup moins de soucis. Mais si l'on veut que les choses changent en Algérie, personne, tu m'entends ma chérie, personne ne les changera à notre place, nous les Algériennes et les Algériens. C'est pourquoi j'ai choisi de rester et de me battre.

10

UN SUCCÈS
Mardi 22 mars 1994

L es préparatifs d'une nouvelle manifestation
battent leur plein.

Maman, toujours à mes côtés, me quitte un
moment pour aller chercher en compagnie de Khalida les drapeaux, les banderoles et les autorisations
de manifester. Nous devons nous retrouver sur la
place Addis-Abeba, en face de l'Observatoire natio-
nal des droits de l'homme.

Amie de notre famille et militante comme
maman à l'AITDF, Khalida[1] a été, de même que
certains intellectuels, condamnée à mort en 1993
par les intégristes. Femme courageuse et passion-
née, Khalida a choisi de rester dans notre pays

1. Il s'agit de Khalida Messaoudi, militante des droits de la
femme et démocrate. Elle est l'auteur d'un livre, sous forme
d'un entretien avec Élisabeth Schemla : *Une Algérienne
debout,* Flammarion *(N.d.E.).*

malgré les menaces de mort qui pèsent sur elle. Mais elle vit dans la clandestinité. Contrainte d'abandonner son poste de professeur de mathématiques, Khalida change tout le temps de maison pour brouiller les pistes, et a échappé – Dieu merci – à plusieurs tentatives d'assassinat.

Une majorité de femmes mais beaucoup d'hommes aussi ont répondu à l'appel des associations de femmes. Peu à peu, des dizaines de milliers de personnes se rassemblent près de l'École supérieure des beaux-arts, un lieu symbolique pour les anti-intégristes ; le 5 mars dernier, en effet, le directeur[1] de cette école a été assassiné à l'intérieur de l'établissement.

Bientôt, les organisatrices lancent l'ordre de départ. Dès lors, la foule immense commence à remonter lentement le boulevard menant à la place Addis-Abeba.

Aujourd'hui, je me sens adulte et responsable. Un drapeau à la main, je ne cesse de crier, en chœur avec les manifestants, des slogans contre les négociations que mène le président Zeroual avec les chefs du FIS.

1. Ahmed Asselah était le directeur de cette école. Son fils unique, Rabah, étudiant à l'École des beaux-arts, a été assassiné en même temps, en lui portant secours *(N.d.E.)*.

Du haut de mes quatorze ans, je ne comprends pas pourquoi le président de notre pays discute avec des assassins, des barbares, ceux-là même qui ont fait que Katia, jeune fille innocente, est morte de deux balles dans la tête.

C'est injuste ! Un assassin doit être jugé et condamné pour les crimes qu'il a commis. On ne parlemente pas avec des fous sanguinaires.

Les manifestants ont crié leur refus de voir le président négocier avec les terroristes mais aussi leur dégoût de la violence.

« Trop de sang, trop de larmes, ensemble sauvons l'Algérie ! », avons-nous crié.

Aujourd'hui, comme le 8 mars, les manifestantes rédigent un texte pour le président. Dans cette lettre, elles réclament une Algérie démocratique, ouverte, tolérante. Et elles rejettent de nouveau l'exil, la soumission, l'abdication devant la terreur intégriste ; elles exigent que justice soit rendue. Les coupables de meurtres doivent, comme n'importe quel citoyen du pays, être jugés et condamnés.

Après la dispersion de la manifestation, maman, papa et moi nous nous rendons chez une amie et y retrouvons Khalida.

La manifestation d'aujourd'hui est un véritable succès.

Satisfaits par ce résultat, nous sommes si heureux que nous entonnons l'hymne des Algériennes et bien d'autres chansons encore écrites par quelques membres de l'AITDF. Elles ont pour sujets le FIS, le Code de la famille – le Code de l'infamie, comme dirait Khalida.

Maman m'a parlé du terrible danger que représente le Code de la famille pour les femmes. Adopté par l'Assemblée du pays à l'époque du président Chadli, ce texte est entré en application au mois de juin 1984 ; le Code a dix ans d'existence donc. À bien y regarder, même les gouvernements veulent écraser les femmes.

En résumé, dans ce code les Algériennes n'ont pas droit à une existence, à une identité à part entière. Elles sont la fille, la mère ou l'épouse d'un tel – jamais elles-mêmes.

De la naissance à la mort, les Algériennes demeurent toujours des mineures : elles passent de la tutelle de leur père, d'un frère ou d'un parent mâle de la famille, à la tutelle de l'époux une fois mariées. Une Algérienne doit faire des enfants et reproduire le nom de son mari, voilà ce qu'on lui demande.

Selon le Code, l'homme a le pouvoir sur la femme. Si un époux, par exemple, ne veut pas que sa femme travaille, il a le droit de le lui interdire, car la femme doit obéissance à son mari.

De plus, qu'elles soient jeunes, moins jeunes, divorcées, veuves ou célibataires, les Algériennes ne peuvent s'occuper de leur mariage. C'est un tuteur matrimonial qui réglera pour elles l'union avec leur futur époux. Mais ce n'est pas tout ; une Algérienne peut se trouver mariée à un polygame – un homme qui a plusieurs épouses – car le Code octroie ce privilège aux hommes.

L'homme a aussi la possibilité de répudier sa femme, de la chasser. Lorsqu'une femme divorce, l'homme garde la tutelle sur les enfants. La mère n'a aucun droit sur eux, outre le bien dérisoire droit de garde. Bref, l'homme a un pouvoir total sur la femme.

Ce code renferme un flot d'injustice et d'infamie concernant l'éducation, le travail, le mariage, le divorce et l'héritage, qui fait de la jeune fille et de la femme une éternelle mineure, une esclave des hommes.

Après ces chansons, cette effusion de joie née du succès de la manifestation, nous sommes rapidement obligés de nous séparer. S'attarder dans les rues après une certaine heure du soir, c'est se heurter aux militaires, aux policiers très nerveux, et aux intégristes prêts à tout.

11

PHOTO

Le lendemain de la grande marche du 22 mars, toute la presse rapporte le succès et l'ampleur de la mobilisation des Algériens ; non seulement à Alger, mais également à Oran, Constantine, Annaba, Tizi-Ouzou et Bejaia. La radio a annoncé que nous étions 150 000 personnes environ à manifester, hier.

Malheureusement notre joie est très vite brisée à la vue d'un quotidien...

Lorsque nous réalisons, consternés, que ma photo est dans un journal, ma famille et toutes mes copines de collège craignent désormais pour ma vie. Même les journaux étrangers reproduisent cette photo où l'on me voit défiler lors de la grande marche.

À présent, je deviens une proie facilement identifiable pour les intégristes contre lesquels j'ai manifesté.

Inquiète, maman veut parer au pire. Ainsi, elle me demande – et cela pour la sécurité de toute la famille – de m'installer chez khâlti Baya et d'y rester jusqu'à la fin de l'année scolaire. Autrement dit, maman veut que je m'éloigne pendant trois longs mois.

Indignée, je n'accepte pas de partir mais maman et papa ne l'entendent pas de cette oreille. Malgré mon insistance et toutes les raisons que j'avance pour rester près d'eux, mes parents refusent obstinément de changer d'avis.

J'obéis.

Je suis donc allée habiter chez khâlti Baya. Après tout, la vie n'y est pas si désagréable et j'ai droit à une chambre pour moi seule.

Parfois, les rues sont si calmes qu'il m'arrive de faire le chemin entre l'école et la maison à pied, et en compagnie de mes copines.

Durant ce séjour, comme auparavant d'ailleurs, une phrase n'a jamais cessé de revenir à mon esprit :

« J'ai un examen, je dois le réussir. » C'est une idée fixe, une idée principale pour moi ; le reste est secondaire.

« Faisons face aux priorités », répète souvent maman.

Réussir le BEPC, voilà ma priorité.

Papa me téléphone souvent, maman et Chafia passent me rendre visite. J'ai appris qu'elles sont revenues s'installer chez nous, à Chéraga, depuis quelques jours. Papa les rejoindra beaucoup plus tard.

Mon père est très occupé en ce moment. Responsable dans une association, il est en pleine préparation d'une grande marche qui aura lieu le 29 juin. Elle coïncidera avec la date commémorative de l'assassinat du président Mohamed Boudiaf[1], tué le 29 juin 1992 à Annaba, une ville située à l'est d'Alger, près de la frontière tunisienne.

Curieuse, j'ai demandé à papa ce que le président Boudiaf avait de si remarquable pour que les gens tolérants et démocrates, comme mon père, lui rendent ainsi hommage. Pourquoi était-il différent des autres présidents de l'Algérie ?

Voilà ce que mon père a répondu : Mohamed Boudiaf était le premier homme politique algérien, et de surcroît président du pays, à s'adresser aux citoyens en arabe dialectal – la langue que tous les Algériens comprennent.

Boudiaf n'utilisait pas, contrairement à ses prédécesseurs, l'arabe classique compris par une seule partie de la population – celle qui l'a appris à

1. M. Boudiaf a été un des fondateurs de l'Algérie indépendante *(N.d.E.)*.

l'école. Parfois il usait même du français, ce qui ne s'était jamais vu auparavant.

D'après papa, Boudiaf était le premier homme politique algérien vraiment proche de son peuple. Il a voulu supprimer le Code de la famille, il a tenté de réconcilier les Algériens, de lutter contre la grande corruption des dirigeants, d'instaurer le respect pour la vie de l'autre, et a refusé catégoriquement de discuter avec les intégristes qui avaient commis des crimes. C'est en cela, paraît-il, que Boudiaf était remarquable et exceptionnel.

C'est pourquoi les démocrates, dans leur grande majorité, ont choisi la date du 29 juin pour manifester contre l'intolérance, la violence et pour la justice.

Maman se mobilise, comme papa, pour les préparatifs de la prochaine manifestation.

Alors que mes parents sont plongés dans l'action, je ne les vois pas et ils demeurent injoignables. Pour se faire pardonner de cette longue période de séparation et d'absence, maman m'autorise à aller au siège de l'association de papa. Entourée de nombreux jeunes gens, je participe moi aussi aux préparatifs de la grande manifestation.

Convaincus et décidés, jeunes et moins jeunes veulent tout mettre en œuvre pour que l'Algérie retrouve la paix et la sécurité.

12

LE SANG VERSÉ
Mercredi 29 juin 1994

À 11 heures, ce jour-là, maman, papa, Chafia et moi sommes sur la place du 1er-Mai, lieu de rendez-vous de la grande manifestation. L'ordre de départ n'est pas encore lancé. Je suis près de Khalida et de Djamila, une autre amie de maman qui, elle, est non loin de moi. Ma mère, en tant que membre du comité d'organisation de la manifestation, doit s'assurer, avec quelques camarades, du bon déroulement de la grande marche.

Nous sommes si nombreux aujourd'hui, et le soleil brûlant tape si fort sur nos têtes, que nous parvenons à peine à respirer. Mais je crois que personne n'y fait attention.

Enfin, le cortège d'hommes et de femmes démarre de la place du 1er-Mai pour se diriger vers la place Addis Abeba, quand, soudain, j'entends une déflagration, puis une seconde explosion...

L'horreur va alors dévoiler son visage rouge sang.

La panique s'empare des manifestants. Au milieu d'une épaisse fumée et de coups de feu tirés de la rue d'en face, je me retrouve seule, atrocement seule.

Je suis terrifiée.

Deux bombes viennent d'éclater non loin de la colonne des manifestants.

Quelques minutes plus tard, je ressens une douleur dans le dos et une autre à la cuisse. Je suis blessée... À ce moment-là, j'entends ma mère qui crie mon prénom.

Maman se précipite et me couche à plat ventre afin d'éviter les balles.

Étendue par terre, j'ai alors vu le bitume rouge du sang des manifestants blessés, j'ai entendu leurs hurlements...

C'est l'effroi, la monstrueuse horreur.

Ma mère profite de quelques secondes d'accalmie qui ont suivi la fusillade pour me relever. Puis elle interpelle Djamila :

— Peux-tu accompagner Dakia et la mettre à l'abri chez des amis ? Ils habitent tout près d'ici, Dakia t'indiquera le chemin.

Je réalise alors la terrible inquiétude de maman. Où sont Chafia, papa et Khalida ? Elle ne les voit pas...

Pour ne pas l'inquiéter davantage, je ne lui parle pas de mes blessures. Je préfère que maman se mette à la recherche de mon père, de Chafia et de Khalida.

Après quelques pas douloureux, j'avoue à Djamila que je suis blessée. Elle décide de m'emmener me faire soigner à l'hôpital, cela n'a pas l'air grave.

Plus tard cet après-midi, lorsque mes parents apprennent où je suis, ils se précipitent à l'hôpital.

Sur mon lit de « blessée de guerre », j'apprends que Chafia est saine et sauve mais j'interroge mes parents sur la suite des événements. Je veux tout savoir.

— Nous avons évacué tous les blessés puis nous avons repris la marche jusqu'au bout, me dit maman. Nous avons levé nos pancartes plus haut encore. Et je crois bien que nous n'étions pas loin de cinq à six mille manifestants...

— Et Khalida, maman ? dis-je, inquiète. Tu as des nouvelles ? Est-elle blessée ?

— Tranquillise-toi ma chérie, Khalida est en lieu sûr et je ne crois pas qu'elle soit blessée[1]. Bon, il faut que tu partes d'ici à présent.

Pourquoi mes parents refusent-ils obstinément de me laisser à l'hôpital cette nuit ? Je n'en sais

1. Khalida Messaoudi a été blessée à la jambe par un éclat de bombe lors de cette manifestation. Cet attentat du 29 juin 1994 a fait 2 morts et 71 blessés *(N.d.E.)*.

rien... Ils ont signé une décharge pour que je puisse sortir et nous sommes partis.

Où aller à présent ?

13

VACANCES
Juillet, août 1994

Il n'était nullement question de regagner notre appartement de Chéraga lorsque nous sommes sortis de l'hôpital. Visiblement, les choses ne s'arrangeaient pas... Nous nous sommes donc installés chez un ami pendant deux jours.

Puis mes parents m'ont envoyée chez khâlti Sonia et son mari qui habitent au bord de la mer. Je dois y passer les vacances d'été, en attendant la rentrée scolaire.

En cette période très chaude, mes parents me rendent régulièrement visite, et Chafia passe même une partie des vacances avec moi.

Dans le quartier où habite khâlti Sonia, il me faut prendre quelques précautions. Par exemple, je ne dois surtout pas dire mon nom. Mes parents, militants, sont connus pour leur position. C'est risquer ma vie de dire qui je suis, car les intégristes sont présents dans chaque ville, chaque quartier. Katia a bien été menacée par un de ses voisins...

De plus, maman m'a affirmé que nous n'avons pas le droit de mettre en danger la vie des amis qui nous ouvrent leur porte, nous reçoivent sans condition et, de surcroît, s'occupent très bien de moi.

Et, en effet, je passe d'agréables moments chez khâlti Sonia. Avec sa fille et quelques copines, nous passons ces chaudes journées d'été à la plage. J'ai même appris à plonger avec la fille de khâlti Sonia.

Ces jours de vacances deviennent de plus en plus longs. À présent, maman et papa me rendent visite moins souvent. Ils me manquent.

En lisant les journaux et en regardant la télévision, je comprends leur attitude.

Je ne leur en veux pas.

Tous les jours, leurs amis se font assassiner.

14

RENTRÉE SCOLAIRE
Septembre 1994

Avec l'arrivée de septembre, les choses empirent, s'aggravent pour ma famille.
Les menaces de mort qui pèsent sur mes parents, Chafia et moi se font plus précises chaque jour.

En lisant les journaux, je comprends que le savoir fait vraiment peur aux terroristes. Ils aimeraient exterminer tous ceux qui pensent, qui se cultivent. C'est pourquoi les enseignants et les étudiants les intéressent beaucoup...

En vue de la rentrée scolaire, plusieurs communiqués du GIA ont formellement interdit aux professeurs et aux élèves de fréquenter les lycées et les universités. Ils ont menacé de représailles tous ceux qui n'obéiraient pas. Et comme si tout cela ne suffisait pas, ils ont promis de dynamiter ou d'incendier les écoles qui ouvriraient leur porte à la rentrée.

Les terroristes ont mis leurs menaces à exécution. Dès la rentrée scolaire, maman a dû quitter son travail d'enseignante car les terroristes sont venus la cueillir à l'école. Elle leur a échappé. C'est un miracle que maman soit encore en vie.

Chafia a cessé d'aller à l'université où deux professeurs ont été assassinés.

J'ai horriblement peur. Je ne sais plus ce que je dois faire.

Nous n'avons plus de maison, maman n'a plus de boulot, Chafia ne va plus à l'université...

Toute la famille se réfugie chez des amis – khâlti Fatiha et aâmmi Mohamed –, absents pendant quelque temps. Ils nous ont offert leur appartement. Heureuse coïncidence.

Une fois installée, j'ai fait part de mes inquiétudes à mes parents.

— Ma chérie, dit maman, ne sois pas catastrophée. Il ne faut pas adopter ce genre d'attitude. Lorsque les problèmes surgissent ainsi, il faut les résoudre dans le calme, éviter toute précipitation.

— Mais pourquoi Chafia ne va-t-elle plus à l'université ?

— Son école est fermée, répond papa. Les professeurs font grève pour protester contre les assassinats de leurs collègues. Ils ont été tués à l'intérieur de l'établissement. Je soutiens leur action.

Je m'inquiète pour Chafia. Elle a changé. Ma sœur ne parle plus comme avant, elle ne sort pas. Pire, depuis quelques jours, Chafia ne voit plus personne.

— Tu as décidé de t'enfermer, Chafia ? lui dis-je, un jour.

Ma grande sœur ne me répond pas, ce qui n'est pas dans ses manières. Pourquoi Chafia ne parle plus ? Pourquoi est-elle devenue si sombre ?

Ces derniers jours, il s'est passé quelque chose dans ma famille...

Mais quoi donc ?

J'ai beau réfléchir, je ne parviens pas à percer le secret.

15

UN TRISTE DÉPART

Au milieu de la nuit, des voix provenant du salon me réveillent. Mes parents et Chafia, en pleine discussion, ne dorment pas.

Je tends l'oreille...

Ils parlent de départ. De quitter l'Algérie. Plus précisément, de faire partir Chafia...

Mon Dieu, pourquoi ?

Je m'approche du salon et m'arrête sur le seuil de la porte. En me voyant, mes parents et ma sœur se taisent brusquement.

Quelques secondes plus tard, maman rompt le silence :

— Tu n'arrives pas à dormir, ma chérie ? Veux-tu que je vienne auprès de toi ou préfères-tu rester avec nous ?

Maman a compris que je les ai surpris dans leur conversation.

— Je préfère rester avec vous, surtout si je ne dois plus revoir Chafia. Je veux profiter des quelques moments qu'il lui reste à vivre avec nous.

— Pourquoi dis-tu cela, Dakia ? s'étonne ma grande sœur. Pourquoi penser que je ne te reverrai plus ?

— Si tu pars en France, je ne te reverrai plus car moi, je n'ai pas de visa... je ne pourrai pas venir te voir là-bas...

N'y tenant plus, j'éclate en sanglots et ne parviens pas à me calmer...

Tout s'est écroulé autour de moi.

— Non seulement nous sommes des SDF, mais maman est au chômage et maintenant nous voici contraints à l'exil, à fuir !

Maman me prend dans ses bras.

— Le fait de trouver des solutions à nos problèmes est une chance inouïe, ma chérie. Imagine un peu le contraire ! C'est ce côté positif des choses qu'il faut garder à l'esprit. Aujourd'hui, c'est vrai que je ne peux plus travailler, mais je suis vivante, Dakia, je suis vivante. Il est des moments dans la vie où nous sommes obligés de faire des choix difficiles, c'est vrai. Mais Dakia chérie, tu ne crois pas que c'est une victoire ? Nous sommes en vie et ensemble, c'est ça le plus important.

Maman continue de me rassurer, en vain. Je sais que Chafia va partir.

— Ensemble pour combien de temps ? Maman, tu sais ce que veut dire quitter l'Algérie. Cela signifie que je ne sais pas quand je reverrai Chafia !

— Mais si tu ne peux venir en France, Dakia, c'est moi qui viendrai te voir, réplique Chafia. D'ailleurs, je ne pourrai peut-être pas m'inscrire à l'université quand je serai à Paris, et je reviendrai. Écoute... rien n'est encore décidé, nous ne faisons que des suppositions.

En réalité, j'ai raison. Nous allons vivre séparément.

Chafia se prépare à partir pour Paris.

Ma grande sœur a trois jours pour régler ses affaires. Dans la famille, personne n'est au courant de son départ, excepté une amie de maman. En fait, c'est elle qui prendra Chafia en charge les premiers temps, qui s'occupera de son inscription à l'université.

Le jour du départ est gravé dans ma mémoire. Et il nous faut être de très bonne heure à l'aéroport.

La veille, Chafia et moi n'avons presque pas dormi. Cette dernière nuit, nous l'avons passée en partie à discuter de sa vie à Paris, et de la mienne ici.

Désormais, il me faut apprendre à vivre sans Chafia – ma grande sœur, mon amie. Mais je ne suis pas la seule à avoir du chagrin. Chafia aussi est rongée par la tristesse.

— Je ne suis pas tout à fait prête à quitter mon pays, m'a-t-elle dit cette nuit. Mais tu vois bien la situation, Dakia : je ne peux plus aller à l'université. Et ce n'est pas raisonnable de rester cloîtrée dans une maison, sans étudier, sans avoir d'avenir... Il ne faut pas céder devant ces gens qui terrorisent les femmes et les hommes qui ont soif de paix. Maman t'a déjà expliqué pourquoi les terroristes tuent les intellectuels.

« C'est grâce aux études – que nous ferons toi, moi et des milliers de jeunes – que nous changerons les choses ici, en Algérie.

« Je suis horriblement triste de te quitter, Dakia. Ça me déchire de quitter maman et papa. J'ai peur de les perdre alors que moi je serai à des centaines de kilomètres... mais petite sœur chérie, plus tard tu comprendras pourquoi il faut parfois prendre des décisions aussi radicales. Allez, il faut dormir maintenant, nous devons nous lever très tôt pour être à l'aéroport. Quand je serai à Paris, je te gâterai et puis – qui sait ? – tu pourras peut-être me rejoindre là-bas.

— Mais dis-moi, Chafia, où vivras-tu une fois arrivée en France ? Nous ne connaissons personne là-bas.

— Tout est arrangé. Khalida a trouvé un couple avec un enfant de trois ans qui a accepté de m'héberger. C'est également Khalida qui s'occupera de mon inscription dans une université, si tout se passe convenablement, bien sûr. Quant au reste... eh bien je n'en ai pas la moindre idée, Dakia. En tout cas, je sais une chose : je ne dois pas rester en Algérie. Allez, dormons à présent.

Lorsque je suis revenue de l'aéroport, je n'ai pas arrêté de pleurer.

Je me sens si seule...

Et je le serai davantage encore quand les amis qui nous ont prêté leur maison reviendront.

Chafia n'est plus là, et bientôt, mes parents s'éloigneront aussi de moi.

16

SOMBRES NOUVELLES

De nouveau, maman s'installe chez Mani Nadjia, et papa, chez Mani Zohra, leurs mères respectives. Quant à moi, je reste chez khâlti Fatiha.

L'ambiance d'Alger, insupportable et lourde, s'est peu à peu dégradée. Les gens ne flânent plus dans les rues. Ils se déplacent le moins possible pour éviter tout simplement de se faire assassiner.

À présent, je suis en seconde et, malgré tous les événements passés, j'ai réussi mon examen. J'ai eu mon BEPC.

Lorsque je me rends au lycée, je suis toujours accompagnée mais j'ai l'impression que cette précaution ne sert plus à grand-chose maintenant.

Aujourd'hui, des terroristes ont fait irruption dans un collège de Oued Djer, une commune située à cinquante kilomètres d'Alger. Ces fanatiques se sont jetés sur une adolescente d'à peine quinze ans et l'ont traînée vers la cour sous les regards terrifiés des élèves et des professeurs impuissants. Malgré les supplications désespérées de l'adolescente, ces sauvages l'ont égorgée dans la cour de récréation.

Elle devait servir d'exemple, ont-ils dit.

— À quoi ça sert de m'accompagner à l'école si les terroristes peuvent tranquillement entrer à l'intérieur de l'établissement et nous attaquer ? dis-je à maman, cet après-midi-là. Qui va nous protéger ?

Maman tente de me rassurer, comme toujours, et me demande de passer quelques jours avec elle. Elle m'explique que la sécurité autour des écoles va être renforcée, mais le chemin du lycée à la maison reste toujours leur affaire, à elle et à papa.

— Il ne t'arrivera rien, ma chérie. Jamais je ne les laisserai te faire du mal, jamais. Il faudra d'abord qu'ils passent sur mon corps et sur celui de ton père. Fais-nous confiance et il ne t'arrivera rien.

En sortant du lycée, je sais que je trouverai maman ou papa devant la porte. Aujourd'hui, c'est ma mère qui est au volant. Je monte dans la voiture.

— Tu sais, maman, les trois quarts des filles ne sont pas venues en classe. Elles ont peur de se faire égorger. Et je les comprends, car certaines habitent des quartiers chauds pleins d'intégristes...

Sans regarder maman, je continue, révoltée, à parler.

— Mais à quoi ça sert de porter le hidjab puisque Fatma Ghodbane, qui en portait un, a été assassinée ? Peux-tu m'expliquer pourquoi ils l'ont tuée ? Et pourquoi, maintenant, les terroristes ont-ils choisi de trancher les gorges ? C'est horrible... Dis maman, as-tu aussi une explication à cette horreur !

Ma mère immobilise la voiture puis se tourne vers moi. Des larmes... maman pleure en silence. Depuis quand pleure-t-elle ainsi ?

Prise de remords, je me jette dans ses bras et lui demande pardon pour la peine que je lui ai causée.

— Ma chérie, ma petite fille... tu as raison. Je devrais pouvoir t'expliquer tout cela. Mais est-ce possible d'expliquer une telle horreur ? Je ne le crois pas. Ces criminels ne font aucune différence entre toi et une autre jeune fille qui porte le hidjab. Le voile n'est plus leur propriété... De plus, ils constatent que nous, les femmes, résistons puisque nous ne le portons pas. Nous passons outre leurs menaces. Ils ont donc décidé de terroriser la popu-lation en posant des bombes, en tuant partout les enfants, les jeunes, les femmes, les hommes. Leur violence est sans limites, ils tuent où ils veulent.

« Souviens-toi des dégâts de la voiture piégée du boulevard Amirouche. Cinq voitures piégées ont explosé mercredi. Ils visaient le ministère de la Justice, l'université d'Alger, la cité universitaire de jeunes filles, mais aussi les passants[1]...

« Le plus important, ma chérie, c'est que la population leur résiste ; pacifiquement, mais elle leur résiste... Les gens continuent d'aller travailler, et malgré tous les tracts et communiqués de menace des terroristes, les écoliers, les lycéens et les étudiants ont regagné leurs établissements à la rentrée scolaire.

Maman m'a expliqué pourquoi le collège que fréquentait Fatma Ghodbane, la jeune fille égorgée, a fermé ses portes trois jours seulement en signe de deuil. Le quatrième jour, tous ses camarades étaient en classe. Reprendre les cours est, pour eux, une façon de résister.

— Après chaque assassinat, après chaque bombe, l'Algérie se relève et se remet au travail, poursuit-elle. Notre victoire est là ; nous n'avons jamais baissé les bras. Et ils ne pourront rien, absolument rien faire contre cela.

Lorsque nous sommes arrivées, maman décide de rester un moment avec moi. Après avoir bu un thé en compagnie de khâlti Fatiha et de maman, je les abandonne rapidement pour faire mes devoirs.

---

1. Le boulevard Amirouche est l'une des plus grandes artères commerçantes de la capitale *(N.d.E.)*.

Un moment plus tard, j'ai l'impression que ma mère et khâlti Fatiha sont plongées dans une conversation très sérieuse. J'entends mon prénom revenir souvent...

Au moment où je les rejoins pour participer à la discussion, maman se lève et s'apprête à partir. Étant donné la situation sécuritaire, elle a raison de ne pas s'attarder. Depuis l'état d'urgence[1], il est dangereux, après une certaine heure du soir, de circuler dans les rues envahies par la police, les militaires, mais aussi par les terroristes qui profitent de la nuit pour commettre leurs crimes.

Maman m'embrasse mais, avant de partir, me demande de ne pas aller au lycée demain.

Ne pas aller au lycée ?

— Mais pourquoi, maman ? Je ne tiens pas à m'absenter.

— Uniquement demain, Dakia. J'en ai déjà parlé à ta directrice. Ton absence est excusée. Demain, ton père et moi, nous viendrons te voir.

— Ne me demande pas de quitter l'école, maman ! Je ne t'obéirai pas !

— Non, ma chérie, jamais je ne te demanderai une chose pareille, jamais.

1. L'état d'urgence a été décrété en février 1992 : la restriction, voire l'interdiction de la circulation des personnes et des voitures entre 23 heures et 5 heures, est un des points du décret *(N.d.E.)*.

Ce soir-là, j'apprends de sombres nouvelles lorsque je surprends une conversation entre khâlti Fatiha et son mari.

Je tends l'oreille.

Khâlti Fatiha affirme à son mari qu'à mon tour je dois quitter l'Algérie. Ma mère lui a confié que les terroristes ont décidé de s'en prendre à notre famille, et je découvre, horrifiée, que Chafia a échappé à la mort.

À présent, je comprends la raison de son départ précipité pour Paris.

Mon Dieu, que nous arrive-t-il ?

Qui veut me tuer ? Et pourquoi, qu'ai-je fait ? Qui en veut à ce point à mes parents ? Qu'ont-ils fait pour mériter cette condamnation, pour déclencher une telle haine ?

En écoutant cette conversation, je comprends aussi pourquoi maman m'a demandé de ne pas aller au lycée demain. Les terroristes risqueraient de s'en prendre à moi.

Je quitterai Alger, moi aussi. Mais pour aller où ? Chez qui ? Pour combien de temps... ?

Assommée par ces questions sans réponses, je finis par sombrer dans le sommeil.

17

PRÉVENIR

Le lendemain, je me réveille tard dans la matinée et découvre que maman est déjà là.
Tandis que je prends mon petit déjeuner, maman me fait part des inquiétudes qui les hantent, elle et papa.

— Nous, ne serons tranquilles, ton père et moi, que lorsque tu seras à l'abri, très loin de ces sanguinaires, ma chérie. Nous ne pouvons supporter un instant l'idée que tu deviennes une otage, Dakia, ou un quelconque moyen de chantage. Si cela devait arriver, jamais nous ne nous le pardonnerions.

« Continuer à te rendre au lycée devient très dangereux, Dakia... Cela implique une ponctualité et une régularité de tes allées et venues. Cette régularité fera de nous une cible facile. C'est ainsi que plusieurs démocrates républicains ont été assassinés. Ils connaîtront les horaires de tes déplacements.

J'ai compris.

Il est devenu impossible de mener une vie normale à Alger.

18

MA DESTINATION

J'ai quitté la maison de khâlti Fatiha pour passer quinze jours chez moi, à Chéraga. Puis maman a commencé à faire les démarches administratives. Elle doit s'occuper de l'inscription à ma future école et de ma prise en charge en pays étranger puisque je suis encore mineure.

Je dois partir pour la Tunisie.

Je vais quitter mon pays dans le plus grand secret, comme un voleur, sans dire au revoir à mes copines. J'aurai simplement le droit de voir Mani Zohra et Mani Nadjia avant mon départ.

Je connais la Tunisie pour y avoir passé quelques jours chez une amie de maman. Mais comment pourrai-je y habiter constamment sans mes parents, sans Chafia ? Cela va être dur, très dur à supporter, je le sais.

— N'y a-t-il pas une autre solution ? dis-je à mes parents. J'ai l'impression d'être chassée de chez moi ! Je refuse de partir, je veux rester ici.

À ces mots, mes parents me consolent à nouveau et promettent de venir à Tunis aussi souvent que je le leur demanderai.

Résignée, j'ai finalement rangé mes affaires dans les valises. J'ai aussi emporté quelques livres et mon Walkman.

Demain, je m'envolerai pour la Tunisie, loin de mes parents, loin de chez moi... Maman fera le voyage avec moi jusqu'à Tunis où elle s'occupera de mon inscription dans une école.

Avant de partir, j'ai téléphoné à Chafia pour lui annoncer la triste nouvelle.

— Maman et papa ont raison d'avoir pris cette décision, Dakia. La vie dans un pays étranger est certes difficile les premiers temps, mais nous n'avons pas le choix... Il faut déterminer puis classer les priorités. Le reste... eh bien, tout le reste n'est qu'une question de temps.

Quelle est ma priorité, la priorité de Dakia ? Permettre à mes parents de se déplacer sans contraintes et l'esprit serein ? Ma priorité est-elle de rester en vie ? Ou est-ce de réussir mes études ?

Je n'en sais plus rien.

Je me surprends soudain à parler comme une adulte... Aurais-je vieilli ?

19

ADIEU À ALGER

C'est le jour du départ.

Papa nous accompagne, maman et moi, à l'aéroport Houari-Boumediene d'Alger, qui fut, deux ans auparavant, le théâtre du sang[1].

Lorsque je m'apprête à quitter mon père pour me diriger vers la salle d'embarquement, mon cœur se serre de chagrin. J'ai envie de pleurer mais je retiens mes larmes.

Papa est aussi bouleversé que moi, je le sais, je le sens.

— Pense à remonter ton réveil tous les soirs, ma chérie, si tu ne veux pas arriver en retard à ton nouveau lycée, me recommande papa. Je sais que tu aimes bien lambiner le matin.

1. Le mercredi 26 août 1992, en cette période de grande affluence et de vacances, une bombe a explosé dans le hall d'accueil de l'aéroport international faisant une dizaine de morts et plus de cent blessés *(N.d.E.)*.

— Oui, papa, il faut en effet que j'apprenne à me passer de toi pour me réveiller le matin... Mais tu risques de t'ennuyer sans moi, tu sais. Il va falloir que tu installes un autoradio dans ta voiture pour te tenir compagnie. Je ne serai peut-être plus à tes côtés pendant longtemps...

Et j'ai quitté papa.

Les martyres de la liberté

Après que maman a passé une semaine à faire des démarches et à prendre des contacts à Tunis, j'ai pu enfin être inscrite dans un lycée privé tunisien où l'on enseigne le programme français.

La bâtisse de ma nouvelle école, située en plein centre-ville, est agréable. Je sens que je vais m'y plaire... d'ailleurs ai-je le choix ? Je vais tenter de m'en sortir, de bien travailler et de faire plaisir à mes parents.

Maman va bientôt reprendre l'avion pour Alger où « un long et dur combat l'attend », comme elle dit.

À son tour, ma mère va partir.

À l'aéroport de Tunis, maman et moi n'avons pu retenir nos larmes – larmes mêlées d'éclats de rire évoquant notre récent passé, nos peurs, nos angoisses...

— Dakia, ma chérie, n'oublie surtout pas que ton père et moi sommes et serons toujours à tes côtés, tout près de toi. Si tu as un quelconque problème, tu peux en parler à notre amie. Elle t'aidera.

— Ne t'inquiète pas maman, je m'en sortirai, tout ira bien. Vous me manquerez papa et toi, c'est sûr, mais vous n'y pouvez rien...

— Je sais ma chérie que je peux compter sur toi, tu me l'as déjà prouvé par le passé. Aussi, je veux t'assurer d'une chose : dis-toi bien que cette situation est transitoire, elle ne durera pas. Bientôt, tu reviendras à la maison, en Algérie. Dans un pays où il fera bon vivre, comme par le passé, comme quand tu étais petite fille. Tandis que l'intégrisme s'éteindra, une Algérie digne et libre renaîtra. Et tu mesureras l'importance de ton sacrifice d'aujourd'hui pour l'Algérie de demain, celle de tes rêves...

Bientôt, la voix de l'hôtesse rappelle à maman que le départ pour Alger est imminent.

Nous nous quittons sur de très longs et affectueux baisers.

Après le départ de maman, je regagne la maison de Tunis.

Durant le trajet en voiture, je suis obsédée par une seule idée :

« Je dois réussir. »

Ma réussite sera ma contribution. Je la dois aussi à mes parents, et à toutes celles, à tous ceux qui ont choisi de combattre chez nous, en Algérie, malgré la terreur.

Je la dois également à Katia Bengana, à Fatma Ghodbane et à toutes les autres femmes – ces martyres de la liberté.

Dakia

L'auteur est née en 1980 à Alger. Elle y a vécu jusqu'en 1994, date à laquelle elle est partie poursuivre ses études à l'étranger. Depuis cette date, elle vit loin de ses parents.

TABLE

Préface 7

1. Sidi Ramadhan 9
2. La nuit du doute 13
3. Le tract 19
4. Réelle menace 25
5. Katia 29
6. Déménagement 39
7. Fadhma N'Soumer 41
8. Chez Mani Zohra 45
9. Chez Mani Nadjia 49
10. Un succès 53
11. Photo 59
12. Le sang versé 63
13. Vacances 67
14. Rentrée scolaire 69
15. Un triste départ 73

16. Sombres nouvelles 79
17. Prévenir 85
18. Ma destination 87
19. Adieu à Alger 89

Dakia 93

Imprimé à Barcelone par:
BLACK PRINT

Mise en page par Meta-systems
59100 Roubaix

Dépôt légal : mai 2011
N° édition : L.01EJEN000658.A003
Loi n° 49-956 du 16 juillet 1949
sur les publications destinées à la jeunesse